Bernadette Reichmuth

# Gänseblümchen

Erzählungen

Herstellung und Verlag:
Books on Demand GmbH
Norderstedt
ISBN: 978-3-8448-1417-0

© Bernadette Reichmuth

Umschlaggestaltung: Bernadette Reichmuth

# Inhaltsverzeichnis:

## Das Hochzeitsfoto

Als ich Elisabeth Agostini kennen lernte, war sie 96 Jahre alt. Sie lebte seit ungefähr vier Jahren im städtischen Pflegeheim, wo ich soeben meine neue Stelle als noch junge, wenn auch nicht mehr ganz frisch gebackene Therapeutin angetreten hatte.

Wie es der Brauch erforderte, führte mich die Pflegedienstleiterin durch die Abteilungen und stellte mich jenen Patienten vor, die von meiner Vorgängerin betreut worden waren.

Im Schlepptau der Oberschwester betrat ich das Zimmer von Frau Agostini. Sie thronte in ihrem Lehnstuhl am Fenster auf einem dicken Schaffellpolster und quittierte die Störung mit unverhohlen abweisendem, um nicht zu sagen feindseligem Gesichtsausdruck. Mehr noch als die Miene der alten Dame verriet mir die plötzlich zu angestrengter Freundlichkeit hochgeschraubte Stimme meiner Begleiterin, dass diese beiden Frauen aus welchen Gründen auch immer nicht gerade Busenfreundinnen waren.

Mir hingegen schenkte das zusammengeschrumpfte Weiblein ihr erstes, huldvolles Lächeln.

Frau Agostini konnte nicht mehr allein essen, oder selbständig auf die Toilette gehen;

sie brauchte zu jeder, noch so kleinen Verrichtung Hilfe. Trotzdem wäre es nicht einmal der unerfahrensten Pflegehelferin in den Sinn gekommen, die alte Dame respektlos zu behandeln. Woran das lag, konnte niemand mit Bestimmtheit sagen.

Sprechen konnte sie nicht mehr. Was über ihre Lippen kam, war kaum mehr als ein angestrengtes, stimmloses Krächzen. Doch das flinke Spiel ihrer hellwachen Äuglein ließ keinen Zweifel darüber, dass sie sehr wohl hören und verstehen konnte. Weil eine seltene, über Jahrzehnte fortschreitende Krankheit ihre gesamte Wirbelsäule versteift hatte, war es ihr unmöglich zu nicken oder den Kopf zu schütteln. So hatte man sich mit ihr auf die Blinzel-Kommunikation geeinigt: einmal blinzeln hieß ‚ja', zweimal bedeutete ‚nein'.

Es gab keine einzige Pflegekraft auf der Abteilung, die nicht alles daran setzte, als letzte Antwort von Frau Agostini ein ‚ja' zu bekommen, bevor sie das Zimmer verließ.

Das Foto entdeckte ich, als ich sie das dritte oder vierte Mal nach unserer wöchentlichen Sing- und Spielrunde in ihr Zimmer zurück brachte.

Frau Agostini beim Singen zu beobachten, war übrigens ein Erlebnis für sich. Wie schon gesagt, hatte sie zwar keine Stimme mehr, um unseren Gesang zu begleiten, dafür tat sie dies mit ihrem ganzen Körper. Hin und her schwingend und mit den normalerweise bewegungslosen Fingern den Takt auf die Armlehnen klopfend, sah es aus, als ob sie in ihrem Rollstuhl tanzte.

Aber zurück zu dem Foto. Nachdem mir Frau Agostini die Erlaubnis dazu gegeben hatte, nahm ich das Bild beinahe andächtig in meine Hände. Es war ein kleines, vergilbtes Schwarzweissportrait und zeigte ein junges Paar am Tag seiner Hochzeit. Von einem weißen Schleier gekrönt, umrahmt von einer Fülle heller Locken, strahlte ein herzförmiges Gesicht dem Betrachter entgegen. „Siehst du, wie glücklich ich bin?", sagten ihre Augen. „Und weißt du, wer der Grund dafür ist? *Er* ist es! Ist er nicht herrlich?"

Er, der Herrliche, stammte zweifellos aus viel südlicheren Teilen Europas. Dunkel, feurig und triumphierend stach sein Blick aus dem vergilbten Papier. Oh ja, so eine blonde Signorina musste damals der Wunschtraum eines jeden Italieners gewesen sein! Aber dass ein gutbürgerliches schweizer Maitli, das Elisabeth Huber hieß, einen Sizilianer Namens Luigi Agostini heiratete, bedeutete zu jener Zeit bestimmt eine geradezu skandalöse Ausnahme.

7

Weder Elisabets noch Luigis Familie dürfte über diese Hochzeit besonders glücklich gewesen sein...

Als mein Blick sich von dem Bildchen wieder gelöst hatte und nun zu Frau Agostini zurückkehrte, sah ich sie mit stillen, in sich gekehrten Augen dasitzen. Über ihren zerknitterten Zügen lag ein Hauch ferner Traurigkeit. Auf meine Frage, ob sie das Foto selber auch noch anschauen wollte, blinzelte sie jedoch lächelnd zwei Mal und entließ mich mit einer hoheitsvollen Geste.

Aus ihrer Biografie wusste ich, dass sie seit über vierzig Jahren Witwe war. War es nur die Erinnerung an den viel zu frühen Tod ihres Mannes, der diesen fahlen Schleier über ihr sonst heiteres Gesicht gezogen hatte? Nun ja, man konnte annehmen, dass das freudige, erwartungsfrohe Weiß ihres Brautschleiers nicht nur mit den leuchtenden Farben erfüllter Liebe geschmückt, sondern auch vom düsteren Grau enttäuschter Erwartungen durchwoben worden war. Meistens bleiben sie nur auf dem Papier so blütenweiß und rein, die Brautschleier.

Frau Agostini bekam nicht oft Besuch. Ihre Tochter wohnte in einer entgegengesetzten Ecke der Schweiz. Zudem war sie selbst gesundheitlich angeschlagen. Andere Kinder gab es nicht. In regelmäßigen Abständen kam ihre frühere Nachbarin und Freundin vorbei und brachte, der Jahreszeit entsprechend, einen Blumengruß aus ihrem Garten mit.

Am meisten Freude bereiteten Frau Agostini die Rosen, eine sehr alte, dunkelrot blühende, betörend süß duftende Sorte. Schon drei ihrer Blüten erfüllten das ganze Zimmer mit einem herzerwärmenden Zauber. Sogar die heruntergefallenen Blütenblätter dufteten noch. Frau Agostini ließ sie jeweils auf einem Glasteller sammeln, bis sie ganz verdorrt waren.

Auch in der Nacht als sie starb, standen auf ihrem Nachttisch Rosen.

Es war nicht das erste Mal, dass mich die Nachricht vom Tod eines Patienten völlig überraschend traf. Auch in einem Pflegeheim erfüllt der ‚Große Bruder des Schlafes' seinen Auftrag auf völlig unterschiedliche Weise. Manchmal sitzt er tage-, ja sogar wochenlang geduldig wartend an einem Bett, bis der darin liegende Mensch seinen letzten Atemzug vollendet hat. Und manchmal betritt er ganz leise und unbemerkt ein Zimmer, wo er seinen kleinen Bruder einfach mit einer Handbewegung wegschickt und an seiner Stelle Platz nimmt.

Genauso schnell und unerwartet war Frau Agostini gegangen. Gestern Nachmittag noch hatte ich sie im Garten vor der Cafeteria sitzen gesehen, zusammen mit ihrer Nachbarin. Und jetzt – war sie einfach nicht mehr da.

Aber vielleicht konnte ich mich ja noch von ihr verabschieden.

In jenen Jahren war das Sterben eine sehr heimliche Angelegenheit in den Pflegeheimen und Spitälern gewesen. So rasch, als gälte es die Spuren eines Vergehens zu verwischen, wurde ein Zimmer geräumt, die wenigen Habseligkeiten des Verstorbenen zusammengepackt und er selbst in einen kleinen Raum im Kellergeschoss gebracht, wo er aufgebahrt blieb, bis er abgeholt wurde – was meist in den frühen Morgenstunden geschah.

Doch an diesem Tag hatte ich ‚Glück'. Frau Agostini war noch nicht abgeholt worden. Ich stand vor der Glasscheibe, die den Besucherteil vom Aufbahrungsraum trennte und betrachtete die stille Gestalt, wie sie in ihren viel zu groß gewordenen Sonntagskleidern dalag, mit Schuhen an den Füssen, die sie jahrelang nicht mehr getragen hatte.

Aus ihren gefalteten Händen streckte ein kleiner Strauß Blumen immer noch frisch und lebendig seine gelben und weißen Blüten-köpfe in die Höhe.

Aber wo waren die Rosen? Das konnte doch nicht sein, dass man ihr zwar Blumen in die Hände gesteckt, ihre geliebten Rosen jedoch vergessen hatte!

Schnell verließ ich den Raum und hastete in den zweiten Stock hinauf, wo gerade die Frühstücktabletts wieder eingesammelt wur-den. Die Schwester blickte mir verwundert nach, als ich mit kurzem Gruß an ihr vorbei huschte.

Natürlich waren Frau Agostinis Bett und ihr Nachttisch bereits fortgebracht worden.

Als ob die Bewohnerin dieses Zimmers ei-ne Ferienreise antreten wollte, standen eine Reisetasche und ein kleiner Koffer abholbe-reit vor dem Schrank. Flüchtig fragte ich mich, wo sich wohl das Foto befand. Aber wegen des Fotos war ich ja nicht hier.

Ah, da standen sie, auf dem Tisch, weit geöffnet und ihren wundervollen Duft ver-strömend, auch wenn niemand mehr hier war, ihn zu genießen: die Rosen aus dem Garten der Freundin.

Schnell nahm ich den Strauß aus der Vase und begab mich wieder in den Keller.

Der für alle Türen des Heimes passende Schlüssel gewährte mir auch den Zutritt hinter die Glasscheibe des Aufbahrungsraumes. Ich trat näher und betrachtete ihr elfenbeinernes Antlitz.

Plötzlich begann das Bild vor meinen Augen zu verschwimmen. Ich blinzelte. Da war es wieder ... ganz deutlich konnte ich es sehen: dieses glückselige, erwartungsvolle Strahlen. Als hätte der Tod alle die vielen, auf dem Tag ihrer Hochzeit aufgetürmten Jahre einfach mit sich genommen und zurückfallen lassen in den dunklen Strohm des Vergessens und der Zeit.

Behutsam zupfte ich die Blütenblätter von den Rosen, umrahmte damit Frau Agostinis stilles Gesicht und streute sie über ihre altmodische, weiße Spitzenbluse.

Und für den kaum wahrnehmbaren Augenblick eines Herzschlages hörte ich das perlende Lachen einer jungen Frauenstimme.

## Gänseblümchen

Frau Weidenmeier hatte in ihrem ganzen Leben nie etwas anderes gesprochen, als ein breites, gemütliches Berndeutsch. Bis zu ihrem Schlaganfall. Da koppelte ein Blutgerinnsel, kaum grösser als ein Stecknadelkopf, einen Teil ihres Gehirns ab. Die Region um diese Stelle herum verlor wichtige Verbindungen untereinander und geriet in arge Verwirrung.

Zwei Wochen lang lag die alte Dame völlig stumm in einem Krankenhausbett, beobachtete alles um sich herum mit zusammengezogenen Augenbrauen und grimmigem Gesicht. Sie ließ sich von den Schwestern pflegen, von den Therapeutinnen bewegen und schüttelte dabei immer und immer wieder den Kopf.

Dieses Kopfschütteln sah nicht aus, wie eine Verneinung. Man hatte eher den Eindruck, als wollte sie etwas abschütteln oder wieder zurecht schütteln da oben.

Dann, eines Morgens kamen die ersten Laute und Silben über ihre Lippen. Suchend und unsicher hängten sich Wortfetzen aneinander, lösten sich wieder, probierten es noch einmal in anderer Kombination. Noch einmal und noch einmal. Frau Weidenmeiers Augen fuhren dabei nach oben und nach unten, als versuchten sie krampfhaft eine Verbindung zwischen Gehirn und Mund herzustellen.

Niemand kann sich vorstellen, was in einem Menschen vorgeht, der buchstäblich mit einem Schlag seine Sprache verliert, nicht mehr sprechen kann und auch nicht mehr versteht, was man zu ihm sagt. Ob er in diesem Fall wenigstens noch seine eigenen Gedanken versteht? Eine verlässliche Antwort auf diese Frage gibt es nicht. Aber wenn man bedenkt, dass das, was wir denken vor allem aus mehr oder weniger geistvollen, internen Selbstgesprächen besteht...
Bei den meisten Schlaganfallpatienten kehren Sprachverständnis und Teile des Sprechvermögens mit der Zeit und viel Therapie wieder zurück.
Frau Weidenmeier gehörte nicht zu ihnen.
Zwar begann sie wieder zu sprechen. Ein Wort sagte sie. Ein einziges Wort: *stokrotka.*
Stokrotka.
Frau Weidenmeier sang es. Lachte es. Weinte es. Schimpfte es.
War es ein russisches Wort? Und wenn ja, wie kam sie als einfache Bäuerin, die kaum jemals über die Kantonsgrenze hinaus gekommen war, zu einem russischen Wort?

Reinkarnationsgläubige werden vielleicht sagen, dass durch den Schock des Schlaganfalls bei Frau Weidenmeier die Erinnerung an ein früheres Leben aufgebrochen sei und dieses Wort in ihr Bewusstsein gespült habe. Nun ja, vielleicht war sie wirklich irgendwann einmal eine verwöhnte, russische Fürstentochter gewesen. Eine Adelige, die es gewohnt war, zu befehlen und der jeder Wunsch erfüllt wurde. Wer weiß das schon.

Verwöhnt war Frau Weidenmeier in diesem Leben ganz sicher nicht. Als früh verwitwete Mutter von sieben Kindern kannte sie nichts anderes als Tage langer und harter Arbeit. Oft genug bis an die Grenzen der Kräfte dieser eher zart gebauten Frau.

Mit neunundsiebzig kam sie in den Rollstuhl und ins Pflegeheim. Der rechte Arm und das rechte Bein würden für immer gelähmt bleiben. Statt Berndeutsch sprach sie nur noch ein einziges Wort.

*Stokrotka.*

Doch wer da meinte, die hoch aufgerichtet sitzende Frau bemitleiden zu müssen, befand sich gewaltig auf dem Holzweg, wie sie selbst wohl gesagt hätte.

Sie sagte es auch.

Unmissverständlich sagte sie es, und jeder, aber auch wirklich jeder verstand, was sie meinte. Der Tonfall ihrer Stimme sagte es. Jeder Muskel ihres Gesichtes, ihre gesunde, linke Hand, ihr ganzer Körper sagte es.

*Stokrotka.*

Mit diesem Wort erklärte sie den Schwestern haargenau, was sie wollte und was nicht, las damit ihrer stets weinerlichen Zimmernachbarin von Zeit zu Zeit damit die Leviten. Doch wenn jemand im Aufenthaltsraum oder in der Cafeteria still und traurig herumsaß, ließ sie sich von einer Schwester dorthin fahren, griff behutsam nach der Hand des Betreffenden und schwieg eine Zeit lang mit ihm.

Drei Jahre lang war sie im Pflegeheim.

Dann, eines nachts hörte ihr Herz einfach auf zu schlagen. Still und ungestört vom friedlichen Schnarchen ihrer Zimmernachbarin schlief sie in eine andere Welt hinüber. Nahm dieses eine Wort mit. Trug es vielleicht auf eine sonnenbeschienene Wiese, wo sie sich hinsetzte, um die ungezählten Gänseblümchen anzuschauen. Und sich an ihre erste, heimliche Liebe zu erinnern.

Einer aus Polen war es gewesen.

Und es war das erste Wort, das er ihr beigebracht hatte: *Stokrotka*. Gänseblümchen.

## Die Schildwache am Rosengartenteich

„Haben Sie es auch gesehen, Frau Bernauer? Sie sind schon da! Die gute Fränzi ist wirklich früh dran dieses Jahr!"

Die mütterlich wirkende Pflegerin nickte. Sorgsam half sie der alten Dame, am Frühstückstisch Platz zu nehmen.

„Ja, Frau Willisauer", antwortete sie, nachdem sie ihren Schützling näher zu ihrem Teller geschoben hatte. „Habe richtig gestaunt heute Morgen. War aber auch wirklich ein mildes Wetter in den letzten Wochen. Die haben in der Wetterstation da oben...", Frau Bernauer blickte himmelwärts, „ ... wohl den Schalter für den Sommer zu früh gedrückt."

Der kleine Scherz vermochte Frau Willisauers Gesicht nur kurz zu erhellen. Es war voller Sorge.

„Wenn's nur nicht nochmal kalt wird. Letztes Jahr war das auch so. Da hat es im Mai sogar noch einmal geschneit! Das würde den Kleinen bestimmt nicht gut tun."

Anna Bernauer erinnerte sich nicht an Schnee im Mai letzten Jahres. Aber sie sagte nichts. Vielleicht erinnerte sich die alte Dame ja an einen weiter zurückliegenden verschneiten Mai. Sanft legte die Pflegerin ihre Hand auf den Arm der hochbetagten Frau.

„Machen sie sich keine Sorgen, Frau Willisauer. Es wird bestimmt alles gut gehen. War bisher doch jedes Jahr so."

Ein lautes Schimpfen in italienischer Sprache beendete das kleine Gespräch. Herr Musatti vom Nachbartisch hatte seinen Kaffee verschüttet. Der alte Herr aus dem sonnigen Tessin konnte zwar nicht mehr laufen, sein südlich gefärbtes Temperament war von dieser Einschränkung jedoch unbehelligt geblieben.

Die frohe Kunde verbreitete sich schnell im ganzen Haus. Von dieser Stunde an erhielt der Teich in der großzügig angelegten Gartenanlage regen Besuch. Fränzi und ihre goldbraun gesprenkelten Kinder waren über Nacht zur Hauptattraktion des Altenheims Rosengarten geworden.

Wie alle Väter seiner Art hielt sich Herbert, der prächtig herausgeputzte Erzeuger des entzückenden Nachwuchses eher abseits. Sein Beitrag zu dem jährlich wiederkehrenden Wunder bestand in der Begattung seiner Partnerin – wobei er in stürmischer Übereifrigkeit die Ärmste mitunter beinahe ersäufte – und der deutlich weniger begeisterten Mithilfe beim Nestbau. Sobald die Kleinen zu schlüpfen begannen, hielt er seinen Part für erfüllt.

Elf waren es dieses Mal. Es war nicht einfach, die flauschigen, munter durcheinander paddelnden Dingerchen zu zählen. Ihre kecken Gesichter drückten Neugier und Lebensfreude aus. Mitten unter ihnen die Mutter, mit sanftem Quaken und unverkennbarem Stolz die quirlige Schar zusammenhaltend.

Die Freude über das kleine Wunder währte nicht lange.

Zwei Tage später waren die Küken fort.

Der Fuchs hatte sie geholt. Mitten in der Nacht

Niemand war Zeuge dieser Tragödie gewesen. Unbeeindruckt von den verzweifelten Schreien der Eltern hatte der rote Räuber das Nest geplündert.

Traurig nahmen die Bewohner des Altenheimes Rosengarten die gewohnte Regelmäßigkeit ihres   Alltages wieder auf. Frau Willisauer zog sich in ihr Zimmer zurück. Verließ es nur, um den Speisesaal aufzusuchen, wo sie alle mitleidsvollen Blicke mit grimmig zusammengezogenen Augenbrauen quittierte. Niemand wagte, auch nur ein Wort an die alte Dame zu richten.

Der Ententeich blieb verwaist.

Unter der unverändert warmen Sonne zogen die Enten im Teich ihre Kreise. Und Herbert tröstete seine Gattin auf die einzige ihm mögliche Weise.

Wochen später hatte sich das Wunder ein zweites Mal vollzogen.

Diesmal waren es Sieben. Wie in einem Märchen. Es gab sieben Zwerge, sieben Geißlein, sieben Raben. Und nun auch sieben Stockentenküken.

Für Frau Willisauer die Schönsten aller Sieben. So schnell ihre alten Beine sie trugen, lief sie zum Ort des frohen Geschehens. Dort angekommen, ließ sie sich heftig atmend auf die Bank sinken. Ihr Herz brauchte einige Minuten, um sich von der ungewohnten Anstrengung zu erholen.

Als es Zeit für das Mittagessen war, betrat Frau Willisauer hoheitsvoll den Speisesaal. Ihr huldvolles Lächeln hätte einer Landesfürstin zur Ehre gereicht.

Für den Nachtisch hatte die alte Dame keine Zeit. Dabei gab es doch heute eine besonders feine Süßspeise: Caramelcreme mit Schlagsahne und Biskuitstückchen.

Anna Bernauer trug das Schälchen in Frau Willisauers Zimmer. Unberührt blieb es dort auf dem Tisch stehen. Wartete etwas verloren auf dem gelbrot geblümten Tischtuch auf die ihm zustehende Würdigung. Wartete vergebens, denn die Bewohnerin des Zimmers verbrachte den ganzen Nachmittag am Ententeich.

Um halb fünf Uhr war Anna Bernauers Dienst zu Ende. Bevor sie nach Hause ging, suchte sie die Bank am Teichufer auf, neigte sich zu der darauf sitzenden, etwas vorüber gesunkenen Gestalt.

Frau Willisauer war eingeschlafen. Kein Wunder, hatte sie doch auf ihre gewohnte nachmittägliche Siesta verzichtet!

Sanft griff die Pflegerin nach dem Arm der alten Frau. Rüttelte sachte daran.

Frau Willisauer fuhr hoch.

„Oje, ich bin eingeschlafen!" Ein prüfender Blick zum Himmel. „Gottseidank! Es ist noch hell. Er wird erst kommen, wenn es dunkel wird."

Anna Bernauer wusste, wen die alte Dame meinte. Ein ungutes Gefühl beschlich die Pflegerin. Es war offensichtlich: Frau Willisauer hatte beschlossen, zur Kükenhüterin zu werden! Da würde es für den Spätdienst kein Leichtes sein, die für ihren Eigensinn bekannte Entenfreundin von diesem Platz weg in ihr Zimmer zu bringen. Aber es war nun mal Brauch und Sitte, dass die Bewohner des Altenheimes Rosengarten die Nacht in ihren Zimmern verbrachten.

Anna Bernauers Befürchtung bewahrheitete sich. Es war nicht nur kein Leichtes, Frau Willisauer von ihrem Platz zu bewegen; es war schlichtweg unmöglich.

Kampfeslustig funkelte die alte Dame die Pflegerin des Spätdienstes und den zur Verstärkung herbeigerufenen Kollegen an.

„Ich bleibe hier. Da könnt ihr machen, was ihr wollt. Ich weiß, dass der Schlingel wiederkommen wird. Aber diesmal wird er die Kleinen nicht bekommen!"

„Aber es ist doch schon kühl geworden! Und in dieser Jahreszeit sind die Nächte noch ziemlich kalt. Sie werden sich erkälten."

Ungeduldig wischte die selbsternannte Kükenhüterin den Einwand beiseite.

„Ich werde schon nicht erfrieren! Ihr könnt mir ja meine Decke bringen!" Es war mehr ein Befehl, denn ein Vorschlag.

Dem Betreuerduo blieb nichts anderes übrig, als unverrichteter Dinge wieder abzuziehen.

Eine halbe Stunde später, nachdem die ungewöhnliche Sachlage erst der Heimleitung unterbreitet, danach mit dem für die medizinische Versorgung zuständigen Arzt erörtert worden war, bekam die streitbare Verteidigerin der Entenfamilie zwei Wolldecken an die Bank am Teich geliefert. Eine zum Daraufsitzen. Eine zum Zudecken.

Die die erste, glücklicherweise milde und trockene Nacht verging ohne Behelligung der Entenfamilie.

Ob deren getreue Wächterin die ganze Zeit wach geblieben war, ist nicht bekannt. Tatsache war, dass sie bis zum Morgen aushielt. Anna Bernauer, die wieder Frühdienst hatte, half der etwas steifbeinig gewordenen alten Dame ins Haus zurück. Nun endlich gönnte sich Frau Willisauer ein paar Stunden Schlaf.

Die Frage, was in der folgenden Nacht geschehen sollte, war noch nicht geklärt. Enten hin oder her, es konnte nicht angehen, dass eine Pensionärin die Nacht im Freien verbrachte; darüber war sich die Pflegedienstleitung einig. Wie die betreffende Pensionärin vom Sinn dieses Beschlusses überzeugt werden konnte, wusste hingegen niemand. Ein gewaltsames Festhalten im Zimmer war in den Betreuungsrichtlinien nicht vorgesehen.

Man konsultierte noch einmal den zuständigen Arzt. Dieser schlug vor, der alten Dame ihren Willen zu lassen. Zumindest, solange es in der Nacht trocken blieb.

Und falls es regnete?

Nun, dann würde man Frau Willisauer doch bestimmt klar machen können, dass

Füchse bei nassem Wetter nicht gerne jagen, oder?

Der Tag verging.

Mit zwei Wolldecken und einer Thermoskanne voll heißen Tees gerüstet bezog Frau Willisauer ihren Wachposten auf der Bank.

Eine sternklare Nacht brach an.

Stunde um Stunde verging.

Die nahe Kirchturmuhr schlug gerade elf Uhr, als die alte Dame hochschreckte.

Neben ihr saß Frau Kirchner von Zimmer 63.

Sie verschwand beinahe ihren zu groß gewordenen Wintermantel. An den Füssen hatte sie die wohlbekannten, etwas ausgetretenen Lammfellpantoffeln. Eine kluge Wahl. Für alte Füße gibt es kaum etwas Wärmeres als Lammfellpantoffeln.

Frau Willisauers Augen wurden groß.

„Was machen Sie denn hier?", fuhr sie die Besucherin an, nachdem sie sich von ihrer Verblüffung erholt hatte. „Warum liegen sie nicht in ihrem Bett und schlafen?"

„Das könnte ich Sie auch fragen, meine Liebe", antwortete die Angesprochene ein wenig spitz. „Nun, sie sind nicht die einzige Entenfreundin hier." Dann wurde Frau Kirchners Stimme weich. „Sie können jetzt schlafen gehen, Frau Willisauer. Ich werde die Wache bis ein Uhr übernehmen. Danach kommt Frau Bachmann. Um drei Uhr dann Frau Gerstenmeier. Meinen Sie nicht auch, dass der Fuchs nach fünf Uhr nicht mehr kommt?" Die abschließende Frage klang etwas kleinlaut, als wollte sich die schmächtige Frau dafür entschuldigen, keine weitere Wächterin aufgetrieben zu haben.

Die unerwartete Unterstützung machte die normalerweise nicht gerade wortverlegene Frau Willisauer erst einmal sprachlos. Als wäre sie mitsamt ihren Wolldecken auf der Bank festgewachsen, blieb sie sitzen. Außer einem gelegentlichen Gruß hatte sie mit Frau Kirchner bisher kaum ein Wort gewechselt. Es hatte sich einfach nicht ergeben.

Die Blicke der beiden Frauen trafen sich.

„Danke.", sagte Frau Willisauer.

„Bitte.", antwortete Frau Kirchner und fügte hinzu: „Ist schon recht."

Frau Willisauer traf noch immer keine Anstalten, aufzustehen.

Nach einer Weile hob sie die Decke über ihren Beinen an und winkte ihre Nachbarin näher zu sich.

„Kommen Sie. Es wird doch ordentlich kühl beim langen Sitzen."

Frau Kirchner ließ sich nicht zweimal bitten.

Einträchtig unter der Decke sitzend betrachteten die beiden alten Damen den sternfunkelnden Himmel.

„Ist schon eine Weile her, dass ich um diese Zeit auf einer Bank gesessen bin.", sinnierte Frau Kirchner, und in ihrer Stimme lächelten ein paar fast vergessene Erinnerungen mit.

„Das glaube ich Ihnen gerne. Gut, dass wir damals nicht gewusst haben, was wir heute wissen."

„Ach ja. Es kommt eben alles, wie es muss. Der Herrgott wird schon wissen warum."

Als die Uhr Mitternacht schlug, saßen die beiden Frauen immer noch am Teich und plauderten.

Um ein Uhr gesellte sich wie versprochen Frau Bachmann dazu.

Die Wolldecke reichte nicht ganz für drei Personen. Also verabschiedete sich Frau Willisauer von ihrer Wachablösung und begab sich beruhigten Herzens in ihr Zimmer.

In der nächsten Nacht erweiterte sich der Verein der Wächterinnen um zwei weitere Mitglieder.

In der Nacht darauf waren es bereits Acht.

Schließlich gesellte sich auch Herr Moser dazu. Der rüstige alte Herr erweiterte den von der Küche gespendeten Proviant von Tee, Kaffee und Käsesandwiches um jeweils eine Flasche Wein, wodurch die nächtlichen Wachrunden mitunter zu einer recht lustigen Angelegenheit wurden.

Der Fuchs war in Wahrheit eine Füchsin. In ihrer Höhle warteten vier hungrige Mäulchen auf sie. Madame Rotrock ließ die gut bewachte Entenfamilie in Ruhe und jagte wieder Feldmäuse.

## Der Käsermeister von Hinterkrachenau.

Er steht am Bahnhof. Auf seine beiden Krücken gestützt, mit krummem Rücken und O-Beinen wartet er auf den Zug. Jeden Mittwochnachmittag. Es sind nicht viele Reisende unterwegs, an diesem Tag, um diese Zeit. Aber es ist immer jemand da, der ihm beim Einsteigen hilft. Das heißt, einsteigen kann er schon allein, es muss nur jemand die Krücken halten, während er sich an den Haltestangen die wenigen Tritte hochzieht. Freundlich bedankt er sich.

Er setzt sich nie in ein leeres Abteil, obwohl es davon genügend zur Auswahl gäbe. Für schweizer Gepflogenheiten ist das ungewöhnlich. Das jeweilige Gegenüber antwortet darum meist auch nicht sonderlich begeistert auf die freundliche Frage „ist hier noch frei?" mit einem einsilbigen ja. Man ist ja schließlich zur Höflichkeit erzogen worden.

Der nicht eingeladene Miteisende lässt sich mit einem Seufzer auf den Sitz fallen und beginnt ohne Umschweife zu erzählen.

Er fahre in die Stadt, seine Tochter besuchen. Die sei Lehrerin und habe es sehr streng. Nein, heute sei es wirklich kein Schleck mehr, Schule zu geben, weder für die Kinder noch die Lehrer. Es sei halt überhaupt alles anders heute. Nicht schlechter, auch nicht besser, nur eben anders.

Er hat ein freundliches Gesicht. Und eine freundliche Stimme. Leicht vorgebeugt, die von Arthritis verbogenen Hände auf die Krücken gestützt, mustert er sein Gegenüber, während er fortfährt:

„I bi früener Chäsermeischter gsi, meh als vierzg Jahr lang, z Hinderchrachenau." (Ich war früher Käsermeister, mehr als vierzig Jahre lang, in Hinterkrachenau.)

Hinterkrachenau. Ortsansässige wissen, wo sich dieses Dorf befindet – nämlich „zmitzt i de Höger, det hinde". (Mitten in den Hügeln/Bergen, dort hinten.)

Durchreisenden ist die lokale Topographie und der Standort von Hinterkrachenau in der Regel ziemlich egal. Aber die höfliche Reserviertheit des Zuhörers hat sich bereits in vorsichtiges Interesse gewandelt. Man kann ihnen einfach nicht widerstehen, den munteren, hellen Äuglein in dem runden Gesicht. Und überhaupt – was ist denn schon einzuwenden gegen ein kleine, angenehme Reiseunterhaltung?

„Ja, die gits jetz nümm, d Chäserei," fährt der alte Mann fort, „isch nume no e Milchsammelstell hüt. Chäs wird bald nume no i de Grossbetriebe gmacht." (Ja, die gibt es jetzt nicht mehr. Ist nur noch eine Milchsammelstelle heute. Käse wird bald nur noch in Großbetrieben gemacht.)

Ein kleiner Schatten huscht über sein Gesicht. Er unterbricht seine Erzählung.

Meist folgen auf diesen Satz ein paar mitfühlende Worte des Mitreisenden. Ja, so sei es halt überall heutzutage, oder so.

Doch der ehemalige Käsermeister hat den Faden bereits wieder aufgenommen und weitergesponnen.

Lisi, seine Frau, sei vor drei Jahren gestorben. Gut hätten sie es gehabt miteinander. Ja, sie sei eine Gute gewesen, das Lisi. Keine Einfache. Aber eine Gute. Darum habe er es ihr schließlich auch gegönnt, dass sie so ruhig habe gehen können und nicht ersticken musste an ihrem Herzasthma, wie er manches Mal gefürchtet hätte. Das wäre das Schlimmste gewesen, und das – bei diesen Worten tritt ein aufmüpfiges Funkeln in seine Augen – *das* hätte er dem Herrgott ganz sicher nicht verzeihen können: wenn er das Lisi hätte ersticken lassen.

Aber es sei alles ziemlich schwierig geworden nachher. Trotz Haushilfe und Gemeindekrankenschwester. So allein in dem großen Haus.

Darum sei er vor einem Jahr ins Altersheim gezogen. Schön sei es da. Ein schönes Zimmer, mit Aussicht auf den See und die

Berge. Und alles würde einem gemacht. Man müsse sich um gar nichts mehr kümmern. Essen auf dem Tisch. Wäsche im Kasten. Und immer jemand da, mit dem man ein bisschen pläuderlen könne. Was will man mehr. Dann verschiebt ein schelmisches Lächeln seine Bäckchen nach oben.

„Und jede Tag chunnt es netts Fräulein und hilft mir bim Dusche und bim Alegge – also das chönd Ihr mir glaube – so öppis isch mir i mim ganze Läbe no nie passiert!" (Und jeden Tag kommt ein nettes Fräulein und hilft mir beim Duschen und beim Anziehen – also, das können Sie mir glauben – so etwas ist mir in meinem ganzen Leben noch nie passiert!)

Man gönnt es ihm.

Und den netten Pflegerinnen auch.

## Dunkle Schwester

Ich war noch nie in Afrika. Eher unwahrscheinlich, dass ich jemals dorthin reisen werde. Meine Reiseziele liegen eindeutig in nördlicheren Gefilden.

Doch Afrika kam zu mir. In der Gestalt einer jungen Frau. Sie hatte schokoladenfarbige Haut, ein strahlendes Lächeln – und ein von einem Granatsplitter verwüstetes Gesicht, in dem nicht viel mehr als ein Auge unverletzt geblieben war.

Sie war wenige Jahre älter als ich. Wir hatten denselben Vornamen. Bernadette.

Der Name Biafra raste vor etwa 35 Jahren als Schauplatz eines Bürgerkrieges durch die Weltpresse. David gegen Goliath. Aber in der Weltgeschichte sind biblische Versionen äußerst selten. Goliath fraß David. Nach nur gerade mal drei Jahren verschwand Biafra von der Bildfläche. Fazit: zwei Millionen Getötete oder Verhungerte.

Der Rest überlebte. Wie, hat die Weltöffentlichkeit schon nicht mehr interessiert.

Bernadette war eine der Überlebenden. Sie wurde vom Roten Kreuz in die Schweiz gebracht, wo sie durch insgesamt 18 Operationen ein neues Gesicht bekam. Eine Höchstleistung der plastischen Chirurgie.

Ich lernte Bernadette nach dem 14. Eingriff kennen. Sie war Patientin in unserer Rehastation. Zu diesem Zeitpunkt konnte sie schon wieder verständlich sprechen (sie sprach bereits erstaunlich gut deutsch), feste Nahrung zu sich nehmen und – lachen. Wahrscheinlich hat sie auch vor der 14. Operation gelacht. Aber man konnte es erst zwischen der 13. und der 14. OP wieder sehen.

Es war von Anfang an klar, dass Bernadette nach Abschluss der medizinischen Versorgung wieder in ihre Heimat zurückkehren würde. Schließlich war der Krieg ja nun vorbei. Wie die nigerianischen Sieger mit den besiegten Brüdern und Schwestern verfahren würden, daran mochte oder konnte niemand denken.

Bernadette wollte nicht nach Hause. Sie hatte Angst. Nicht nur vor den Siegern. Auch vor ihrer Familie. Zwar hatte sie ein neues Gesicht. Aber es war nicht mehr ihr Gesicht. Sie war nicht mehr schön.

Ich konnte mir ausmalen, wie schön Bernadette gewesen sein musste, bevor sie der

Granatsplitter ins Gesicht traf. Ihr unversehrtes Auge, die dazu gehörige Augenbrauenpartie und der unverletzte Teil ihrer Stirn erinnerten an die frühere Schönheit.

Unverändert schön war ihre Stimme. Wie in dunklen, leicht aufgerauter Samt eingehüllt, wenn sie sang. Begeistert und mit umwerfendem Akzent trällerte sie „es Buurebüebli mag i nid" und „im Aargau sind zwöi Liebi".

Ihr Lachen ließ auch bei Regenwetter die Sonne aufgehen – und konnte einen hin und wieder die Wände hoch treiben.

Bernadettes Familie hatte das ganze Grauen des Krieges wie durch ein Wunder unversehrt überstanden. Bis auf Bernadette selbst. Nachdem sie eine Nacht lang schwer verletzt im Gebüsch gelegen hatte, bei Bewusstsein, aber unfähig zu rufen, oder sich zu bewegen, hatte ihre Mutter sie gefunden und zur zwei Tage entfernten Rotkreuzstation geschleppt.

Weder ihr Mann noch seine Familie besuchte die junge Frau in den sechs Wochen, in denen man um ihr Leben kämpfte.

Wer um den Zusammenhalt der afrikanischen Familien weiß, kann dies schlichtweg nicht glauben. Trotzdem ist es wahr.

Krieg reißt nicht nur Menschen auseinander. Er verbrennt auch vieles, was als unzerstörbar gilt.

Bernadette sprach selten von ihrem Mann. Sie war sehr jung gewesen, als sie geheiratet hatten. Er sei gut zu ihr gewesen und habe sie nie geschlagen, was für dortige Verhältnisse ungewöhnlich sein mag.
Kinder hatten sie keine.
Dies war bestimmt ungewöhnlich.

Bei den letzten vier Operationen handelte es sich um verhältnismäßig kleine Eingriffe. Das optische Resultat veränderte sich dadurch nicht mehr wesentlich. Es ging dabei vor allem um funktionale Verbesserungen. Bernadettes völlig neu aufgebaute Nase zum Beispiel war noch zu wenig atemdurchlässig. Auch ihr Lippenschluss musste noch verbessert werden, damit sie beim Essen weniger sabberte und - falls dies jemals nötig sein sollte - eine Kerze ausblasen konnte.

Vier Monate lang kam Bernadette jeden Tag zu mir ins Atelier. In dieser Zeit habe ich ihr das Zuschneiden und Nähen einfacher Kleider beigebracht, in der Hoffnung, dass sie damit in ihrer Heimat ihren Lebensunterhalt verdienen konnte.

Der Tag von Bernadettes Abreise war ein kalter, nebliger Novembermittwoch. Sie hasste Herbst und Kälte. Vielleicht hat das unfreundliche Wetter ihr den Abschied erleichtert. Und bestimmt hat sie sich trotz aller Angst auch gefreut, nach fast zwei Jahren endlich wieder nach Hause zu kommen.

Ich sah ihrer kleinen Gestalt nach, die wie ein bunter Kolibri aus der farblosen Menge der Reisenden hervorleuchtete und schließlich verschwand.

Ich hoffe nur, du bist gut heim gekommen, meine kleine, dunkle Namensschwester. Und dass du in deiner Heimat wieder einen Platz gefunden hast, wo auch immer der sein mag. Wie sehr wünsche ich mir, dass es dir gut geht.

Ich werde es nie erfahren.

Die Briefe von Bernadette aus der Schweiz an Bernadette in Nigeria wurden nie beantwortet.

## GSoA und Kreuzstabkantate

Peng! Krachend fiel die Haustüre ins Schloss. Michael Steinmeister hatte das Haus verlassen. Kurz darauf das leise, beherrschte Schließen einer zweiten Türe. Johann Steinmeister hatte sich in sein Arbeitszimmer zurückgezogen.

Zwischen den beiden Zimmern befand sich die Küche, und darin stand Annemarie Steinmeister, seit gut zweiundzwanzig Jahren Michaels Mutter und einem Vierteljahrhundert Johanns Ehefrau. Gleich würde sie auf einen Stuhl sinken und sich wieder einmal fragen, wie das alles noch enden sollte.

Sturköpfe waren sie, Einer wie der Andere. Aufbrausend und rechthaberisch der Jüngere. Besonnen, beherrscht und dabei kein bisschen weniger rechthaberisch der Ältere. Keiner von beiden bereit, auch nur einen Fuß breit von dem abzuweichen, was er einmal als gut und richtig erkannt hatte. Das Schlimme daran war, dass sich dieses Gut und Richtig in vollkommener Opposition zueinander befand. Wie konnte es da überhaupt jemals eine Verständigung geben?

Johann Steinmeister war seit mehr als zehn Jahren Berufsoffizier bei der schweizer Armee. Unzählige junge, ehrgeizige Männer hatte er instruiert und ermutigt, einen ähnlichen Weg wie er selbst einzuschlagen. Und ausgerechnet sein einziger Sohn war – nicht einmal Annemarie wusste, wie lange schon – Mitglied bei der GSoA, diesem Haufen verrückter Idealisten, die das gesamte Militär abschaffen wollten und es vor drei Jahren tatsächlich geschafft hatten, die notwendigen hunderttausend Unterschriften für eine diesbezügliche Volksinitiative zusammen zu bringen. Noch Ende dieses Monats würde jeder erwachsene Schweizer an die Urnen gerufen werden, um dafür oder dagegen zu stimmen. Natürlich stand das zu erwartende Ergebnis bereits fest, daran zweifelte niemand, wohl nicht einmal die Mitglieder der GSoA.

Annemarie Steinmeister war nicht die Einzige, die diesen Leuten trotz aller Skepsis Respekt zollte für ihren Mut, das Unmögliche zu versuchen, und die Unverdrossenheit, mit der sie seit Wochen, wenn nicht gar Monaten Nacht für Nacht die abgerissenen Plakate wieder ersetzten.

Michi selbst hatte keinen Militärdienst leisten müssen, womit seinem Vater immerhin erspart geblieben war, einen Dienstverweigerer zum Sohn zu haben. Dafür sei das Asthma, das ihm schon seit früher Kindheit zu schaffen machte, doch noch gut gewesen, pflegte der Junge mit dem unverwechselbaren, leicht schiefen Grinsen zu sagen, das er aus dem im Laufe der Jahre viel zu ernst gewordenen Gesicht seines Vaters gestohlen zu haben schien.

Heute Abend hatte Michi nicht gegrinst.

"Du nimmst mich doch gar nicht ernst", hatte er seinen Vater angeschrien, "ich bin kein Kind mehr, und ich bin auch kein Idiot!"

Dann war er aufgesprungen, nach unten gerannt und hatte die Haustüre hinter sich zugeschlagen, worauf Johann sein Besteck abgelegt und mit versteinertem Gesicht die Küche verlassen hatte.

Annemarie, die Letzte in der geräumigen Wohnküche, besah sich den Tisch, auf dem drei Teller etwas ratlos darauf warteten, entweder leer gegessen oder abgeräumt zu werden.

"Ihr könnt mich alle mal", verkündete Annemarie dem etwas verschämt herum stehenden Geschirr. Den Impuls, etwas davon – am besten gleich die große Salatschüssel – hochzuheben und an die Wand zu werfen, widerstand sie. Stattdessen warf sie die Türe hinter sich ins Schloss – die Lautstärke konnte sich durchaus mit dem vorherigen Knall der Haustüre messen – und floh ins Wohnzimmer.

Das Fernsehprogramm versprach nichts Besonderes, das tat es eigentlich nie an einem Donnerstag, zumindest nicht auf den wenigen Sendern, die das schon ziemlich altersschwache Gerät zu bieten hatte. Annemarie schaltete die Kiste wieder aus und ging stattdessen zum Schallplattenschrank, dessen wohlgefüllte Regale in diesem Augenblick irgendwie tröstlich wirkten. Ihre Finger wussten auch ohne hinzusehen, was sie jetzt brauchte. Bach natürlich. Was denn sonst?

Sie hielt inne. Übermorgen kam in der Martinskirche eines der weniger bekannten Werke des großen Meisters zur Aufführung. Natürlich würde sie hingehen, wie immer, auch wenn der Basler Bach-Chor vielleicht keinen so großartigen Solisten zu bieten hatte, wie jener, dessen Stimme sie gleich hören würde.

Vorsichtig setzte sie die Nadel auf die Schallplatte. Dietrich Fischer-Dieskaus samtene Stimme hatte bereits begonnen, ihr Gemüt glatt zu streicheln, als sie sich auf dem Sofa in die Wolldecke kuschelte, den Kopf zurück sinken ließ und die Augen schloss.

In der dritten Strophe zerfloss die Enttäuschung über den so hoffnungsvoll begonnenen Abend in mäandernden Tonfolgen.

Endlich, endlich wird mein Joch
Wieder von mir weichen müssen.
Da krieg ich in dem Herren Kraft,
Da hab ich Adlers Eigenschaft,
Da fahr ich auf von dieser Erden
Und laufe sondern matt zu werden.
Oh gescheh es heut noch!

Annemaries Bewusstsein versank in den Klangwellen und trieb sanft davon.

Als sie die Augen wieder aufschlug, hatte auch die Letzte der Kantaten unter der Nadel des Plattenspielers ihre Runden zu Ende gedreht. Die Geräusche, die nun an Annemaries Ohren plätscherten, hatten nichts mehr mit Musik zu tun. Es war der Fernseher, ein sehr leise gestellter Fernseher. Sie stutzte. War sie etwa zur Schlafwandlerin geworden und hatte, ohne es zu wissen, das Gerät angestellt? Aber nein, da saß ja Johann neben ihr. Nach vorne gebeugt starrte er auf den Bildschirm. Ach herrje, wie lange hatte sie denn geschlafen? ... Was? Schon so spät?!

Mit einem Ruck setzte sie sich gerade und richtete ihren Blick nun ebenfalls auf den Flimmerkasten.

Menschen sah sie, nichts als Menschen. Männer. Frauen. Alte. Junge. Kinder. Sie tanzten und lachten. Lagen sich in den Armen und lachten. Oder weinten und lachten.

"Was ist denn da los?", fragte Annamarie, "was ist das für ein Film?"

Johann legte ihr den Arm um die Schulter.

"Das ist kein Film", sagte er, ohne den Blick von dem Fernseher zu lösen, "das ist Realität. Das passiert jetzt gerade, in diesem Augenblick."

Was – mitten in der Nacht? Was hatten denn die vielen Menschen in dieser kalten Novembernacht auf der Straße verloren? Aber da war nicht nur eine Straße ... und verloren zu haben schien auch niemand etwas ... dann hörte sie die atemlose Stimme eines Reporters: "Die Mauer ist gefallen! Diese Mauer, die Berlin achtundzwanzig Jahre lang entzwei zerschnitten hat, ist endlich gefallen!"

Das Ehepaar Steinmeister ging spät zu Bett in dieser Nacht. Kurz nachdem das Licht gelöscht war, fühlte Annemarie eine Hand, die sich über ihre legte, warm, stark, wohlvertraut.

"Vielleicht hat Michael recht", kam es flüsternd zu ihr herüber, "dass ich ihn nicht ernst nehme, meine ich. Schließlich leben wir in einer freien Schweiz. Da kann jeder denken und sagen, was er will. Und die Leute von der GSoA sind ja keine Terroristen." Der Druck der Hand verstärkte sich. "Wir sollten wohl einfach aufhören zu politisieren, wenn er uns besucht – falls er denn überhaupt noch einmal kommt." Das kaum beherrschte Zittern in der Stimme bei den letzten Worten entging Annamarie nicht.

"O, er wird wieder kommen, Johann, bestimmt wird er das, da bin ich mir ganz sicher", flüsterte sie.

Nachtrag: Die Volksabstimmung über die Initiative der GSoA (Gruppe für eine Schweiz ohne Armee) fand am 26. 11. 1989 statt.

Wie nicht anders zu erwarten war, wurde sie abgelehnt. Womit jedoch niemand gerechnet hatte, war der hohe Anteil der abgegebenen JA-Stimmen.

Er betrug sage und schreibe 35,6 %!

Die GSoA gibt es noch immer.

Den Basler Bach-Chor natürlich auch.

## Helden

Manchmal, nicht immer – nein, beileibe nicht immer! – bin stolz darauf, Schweizerin zu sein. Die Entstehungsgeschichte unserer Nation hat ja auch etwas Beeindruckendes. Auf die alten Eidgenossen, diese wackeren Gesellen, die sich gegen Habsburger, Burgunder, Schwaben, Mailänder, Österreicher, Franzosen und Gott weiß wen noch zur Wehr setzten, kann man mit Fug und Recht stolz sein.

Noch heute erinnere ich mich an den Geschichtsunterricht und an die bunt gemalten Schilderungen unseres Lehrers – der Mann muss ein glühender Patriot gewesen sein! – wie er uns die verschiedenen, meist siegreich ausgefochtenen Schlachten geradezu hautnah miterleben ließ.

Besonders eine davon ist mir im Gedächtnis haften geblieben: die Schlacht bei Sempach. Dank Wikipedia weiß ich jetzt sogar wieder, dass diese am 9. Juli im Jahr 1386 stattgefunden hat. Ein sehr heißer Sommertag soll es gewesen sein, erzählt die Chronik, und man braucht nicht viel Fantasie, sich die Plage der schwer gepanzerten, in ihre Bewegungsfreiheit stark eingeschränkten Ritter von Habsburg in ihren von einer brütenden

Sonne aufgeheizten Blechmonturen vorzustellen.

Zahlenmäßig waren sie den rebellischen Eidgenossen weit überlegen, doch dürften einige von ihnen bereits vor der Formierung zur Schlacht einem Hitzekollaps bedenklich nahe gewesen sein. Wie viel besser hatten es da doch ihre viel leichter gerüsteten Gegner in ihrer praktischen Bauernkluft! Nein, den Helden Arnold Winkelried brauchte es da wohl nicht, um den Sieg davon zu tragen. Unsterblich ist er trotzdem geworden, obwohl er höchstwahrscheinlich nicht einmal gelebt hat. Seine historische Existenz ist auf jeden Fall ebenso wenig bewiesen wie diejenige unseres Nationalhelden Wilhelm Tell, dessen herbes Konterfei seit Generationen unsere "Fünf-liber" ziert.

Dabei war es soo schaurig-schön, sich vorzustellen, wie der Winkelried, dieser brave Mann, angesichts der undurchdringlichen Mauer aus habsburger Speeren kurzentschlossen ein Bündel eben dieser Speere packte, sie mit dem Ruf „Der Freiheit eine Gasse!" nieder drückte, dabei leider Gottes aufgespießt wurde und den Heldentod starb, während seine Kameraden über seinen durchbohrten Leichnam hinweg in die Bresche stürmten und viele der bösen, bösen Habsburger niedermetzelten – vor allem jene, die halb erstickt und gebraten in ihren prächtigen Rüstungen, bereits das Bewusstsein verloren hatten.

Ja, mit den Helden ist das manchmal so eine Sache. Viele von ihnen verblassen, mache verlieren ihren Glorienschein, und einige entschwinden gar in das neblige Reich der Mythen, sobald ein paar Historiker ihre Geschichte unter die Lupe nehmen.

Natürlich gibt es auch die wahren Helden. Einigen von ihnen hat man sogar ein Denkmal errichtet, Straßen, Plätze, manchmal auch Schulen oder Krankenhäuser nach ihnen benannt.

In der Kriminalterminologie redet man von Dunkelziffern und meint damit jene zahllosen Vergehen, von denen – außer den Opfern – niemand erfährt. Könnte man nicht auch von "Lichtziffern" sprechen, wenn es um die Taten jener zahllosen Menschen geht, die in aller Stille und Bescheidenheit überall dort helfen, beistehen, begleiten, aufmuntern, unterstützen, wo Not am Mann oder an der Frau ist?

Irgendwo habe ich einmal gelesen, dass in schweren Zeiten besonders viele Helden "geboren" werden. Das mag wohl stimmen, erfahren doch die meisten Menschen erst in Ausnahmesituationen, wozu sie wirklich fähig sind. Wo die Einen sich voller Angst ducken, entdecken Andere erst dann ihre wahre Stärke. Und einige beginnen zu leuchten und werden zu Lichtern in der Dunkelheit. Wie zum Beispiel jene, die – oft unter Einsatz ihres eigenen Lebens – den Opfern eines besonders dunklen Abschnittes der jüngeren Weltgeschichte zu helfen versucht haben. Israel nennt sie "Gerechte unter den Völkern". Rund 23000 Männern und Frauen wurde dieser ehrenvolle Titel bisher verliehen, darunter waren 44 Schweizer. Vierundvierzig Lichter ...

Nicht mehr als vierundvierzig Lichter.

Immerhin vierundvierzig Lichter.

Eines davon leuchtete damals an einem Grenzübergang zu Österreich. Der es trug, hieß Paul Grüninger und war Polizeihauptmann des Kantons St. Gallen. Während eines ganzen Jahres sorgte dieser Mann dafür, dass viele Hundert Juden aus Österreich in die Schweiz fliehen konnten. Damit widersetzte er sich ganz klar der damaligen Flüchtlingspolitik, die ihren Beschluss, die Landesgrenzen dicht zu machen, später mit der Begründung "Das Boot ist voll!" rechtfertigte.

Paul Grüninger riskierte bei seinem Tun zwar nicht sein Leben, wohl aber seine berufliche Existenz, verlor diese dann auch und wurde im Jahr 1940 wegen Amtspflichtverletzung und Urkundenfälschung angeklagt und verurteilt. Es dauerte sage und schreibe 55 (fünfundfünfzig!) Jahre bis dieses skandalöse Fehlurteil durch eine Wiederaufnahme des Prozesses revidiert und der Angeklagte in aller Form rehabilitiert wurde. Er selbst hat diese Wiedergutmachung nicht mehr erlebt.

Es gibt nicht viele, der Öffentlichkeit zugängliche Fotos von ihm. Eines davon zeigt einen jungen Mann in Polizeiuniform. Keine gewöhnliche Uniform, wie die pompös geschmückte Kopfbedeckung verrät, deren Schirm ein nachdenklich blickendes Augenpaar überschattet. Noch auffallender als die Augen erscheint der fein gezeichnete, ernste Mund. Darunter ein gut ausgeprägtes Kinn, das einen ebenso ausgeprägten Willen ahnen lässt. Wie jung dieses Gesicht ist! Man möchte meinen, es gehöre einem Studenten. Dabei muss der Abgebildete mindestens 28 Jahre gezählt haben, als das Bild geschossen wurde, denn als Lehrer, der er vorher war, trug er noch keine Uniform.

Lassen wir ihn nun selbst zu Wort kommen. (Die folgenden Zitate stammen aus einem persönlich von ihm verfassten Lebenslauf)

*Einzig und allein wegen finanzieller Bes-
serstellung bewarb ich mich im Sept. 1919
um die Stelle des Polizeikommandanten des
Kantons St. Gallen. Die Wahl des Regie-
rungsrates fiel denn auch auf mich. Bereits
im Herbst 1925 wurde ich mit dem Haupt-
mannsgrad ausgezeichnet und stand nun als
Kommandant dem Polizeikorps des Kantons
vor.*

*Mit größter Begeisterung versah ich mei-
nen Dienst und lehnte selbst bessere Stel-
lenangebote als Departementssekretär und
als Strafanstaltsdirektor rundweg ab. Die
Bekämpfung des Verbrechertums mit den
modernsten Fahndungsmitteln und die Her-
anbildung befähigter Polizeiorgane, wie deren Wohlergehen, lagen mir mehr am Her-
zen.*

Über die Ereignisse im den Jahren 1938 –
1940 schrieb er:

*Der Zustrom jüdischer Flüchtlinge, die
völlig mittellos und verwahrlost über den
Rhein in den Kanton St. Gallen gelangten,
wurde täglich größer. Da war es einerseits
nicht zu verwundern, wenn Bundesrat und
Kantonsregierung den strikten Befehl her-
ausgaben, diese rücksichtslos wieder über
die Grenze zurückzuschieben. Andrerseits
hatte ich die Auffassung, dass es vielmehr*

*Pflicht und Tradition der Schweiz sei, solchen Leuten, die der Willkür ihrer Verfolger, ja größtenteils sogar dem Tode geweiht waren, Asylrecht zu gewähren. Als verantwortlicher, mitfühlender Mensch konnte ich viele der durch solche Zurückweisungen entstandenen Jammerszenen nicht mitansehen und gestattete auf eigene Verantwortung über 2000 Flüchtlingen hier zu bleiben, ließ sie in Flüchtlingslagern unterbringen und übergab sie der Fürsorge ihrer schweizerischen Glaubensgenossen.*

*Das Bezirksgericht St. Gallen verurteilte mich zu einer Buße von Fr. 300.- und den Kosten, was meine sofortige Entlassung als Polizeihauptmann zur Folge hatte.*
*Allerdings schäme ich mich dieser Verurteilung nicht. Im Gegenteil, ich bin stolz darauf, vielen Hunderten von schwer Bedrängten das Leben gerettet zu haben! Meine Hilfeleistung an die Juden war begründet in meiner christlichen Weltauffassung! Die Politik ist die Kunst des Möglichen. Zu oft weicht das Recht dem Druck der Macht.*

Diesen Worten gibt es nichts hinzu zu fügen.

Ein zweites Foto habe ich auch noch gefunden. Es illustriert eine Zeitungsnotiz vom

Freitag, den 1. Dezember 1995. Dort war zu lesen:

*Der St. Galler Flüchtlingsretter Paul Grüninger in am Donnerstag vom St. Galler Bezirksgericht posthum freigesprochen worden. Der Polizeihauptmann, der 1938/39 jüdische Flüchtlinge gegen alle Vorschrift in die Schweiz einreisen ließ, ist damit 23 Jahre nach seinem Tod auch juristisch rehabilitiert.*

Der alte Mann blickt nicht in die Kamera. Sein Blick scheint sich zurück zu wenden auf den Weg, den er gegangen ist. Legt man das erste und das zweite Foto nebeneinander, treffen sich seine Augen mit denen des jungen Polizeihauptmannes an einem Punkt, der in dem Raum zwischen den beiden Bildern zu liegen scheint.

Mit großem Ernst blickt der junge Paul Grüninger in eine Zukunft, von der er noch nicht einmal eine Ahnung haben kann.

Für den Greis ist diese Zukunft längst zur Vergangenheit geworden.

Er würdigt sie mit herabgezogenen Mundwinkeln und einem stolzen Blick über die Schulter.

## Nachbarinnen

Auf den ersten Blick unterscheidet sich die Weidenstraße kaum von den übrigen Straßen in dem ruhigen, nahe dem Stadtrand gelegenen Quartier. Das Haus mit der Nummer 21 hat wie seine benachbarten, gleich ausschauenden, weil zur selben Zeit erbauten Häuser vier Stockwerke und ein liebevoll gestaltetes Vorgärtchen. In einer Vielzahl von begeistert in allen möglichen Formen und Farben schwelgenden Blumen findet man natürlich auch Rosen. Vor der Nummer 21 findet man *nur* Rosen. Eine einzige, sehr alte, dunkelrot blühende Sorte von Rosen, die an warmen Tagen einen Duft verströmen, der sich wie Honigbalsam in die Seele des vorbei Gehenden ergießt und ihn einige Augenblicke stehen bleiben, die Augen schließen und tief atmen lässt.

Gehegt werden diese Rosen von der im obersten Stockwerk wohnenden Eigentümerin des Hauses, Frau Giuliana Grießer, geborene Pisani. Wäre sie dreißig Jahre jünger, würde man sie "top gestylt" nennen, doch für ihr Alter – immerhin ist sie bereits über siebzig – passen die Worte gepflegt und elegant besser. Ihre Wohnung verlässt sie nur, nachdem sie sich sorgfältig frisiert hat, und sei es auch nur für einen Gang in die

Waschküche oder zum Briefkasten. Vor fünfzehn Jahren, vier Jahre nach dem Tod ihres Mannes hat sie das oberste Stockwerk für sich zu einen komfortablen Appartement umbauen lassen. Giuliana Grießer wurde früh Witwe, verlor ihren innig geliebten Gatten durch eine schwere, über lange Zeit falsch diagnostizierte Krankheit. Von dem Arzt, der den Hirntumor erst entdeckte, als es bereits zu spät war, spricht sie in versöhnlichem Ton. "Er war halt auch nur ein Mensch", sagt sie, "und Menschen machen nun einmal Fehler."

Die übrigen sechs Wohnungen des Hauses sind einfach, zweckmäßig, wie es Stadtwohnungen halt so sind und werden ausschließlich von alleinstehenden Frauen bewohnt.

Frau Schwyters Alter ist schwer zu schätzen. Auf jeden Fall ist sie ein gutes Stück jünger als Frau Grießer. Ihre Wohnung teilt sie mit einem bissigen, grauweißen Kater, dem sie den Namen Peppo gab, nachdem sie ihn vor Jahren schwer verletzt an einem Straßenrand aufgelesen hat.

Rein äußerlich gesehen ist Frau Schwyter das pure Gegenteil von Frau Grießer. Groß, stämmig, mit vor Kraft strotzenden Armen und Beinen, könnte sie in jungen Jahren Kugelstoßerin oder Gewichtsheberin gewesen sein. Elegante Kleidung trägt sie nie, nur mehr oder weniger ausgeleierte, schwarze Jogginghosen, dazu ebenfalls schwarze T-Shirts mit aufgedruckten Bildern von Wölfen. Klug guckende, den Mond anheulende, miteinander schmusende, schlafende, stehende, rennende, kleine, große, junge, alte Wölfe. Nichts als Wölfe. Frisieren muss sie sich nicht. Ihre Haare schneidet sie sich selbst, so kurz, dass man meinen könnte, sie verwende dazu eine Art Rasenmäher. Um die Meinungen anderer kümmert sie sich grundsätzlich nicht, sie sagt, was sie denkt, tut, was sie für richtig hält, wie zum Beispiel an jenem warmen Frühsommertag, als sie Peppo fand. Wie immer in Jogginghose und T-Shirt gekleidet, stand sie in diesem Augenblick vor der Wahl, entweder das Eine oder das Andere zu opfern, um das in Todesangst um sich kratzende und beißende Tier darin einwickeln und aufheben zu können. Sie entschied sich für das T-Shirt. Obwohl sie es nicht weit hatte bis nach Hause, rief sie auf dem Weg dorthin bei einigen Passanten ziemliche Verblüffung hervor, denn unter dem inzwischen um die Katze gewickelten Wolf hatte sie nichts getragen.

Neben Frau Schwyter wohnt Magda Kuster, die älteste Bewohnerin des Hauses und Freundin von Giuliana Grießer.

Jetzt sind es schon fast zwei Jahre her, dass Magda Kuster das Haus zum letzten Mal allein verlassen hat. Ihre Beine und auch ihr Kreislauf versagen ihr hin und wieder den Dienst. Dann stürzt sie wie ein vom Blitz getroffenes Bäumchen zu Boden. Dass sie sich dabei noch keine ernsthafte Verletzung zugezogen hat, beweist unzweifelhaft, dass es Schutzengel gibt. In jener Zeit, als das überaus eigensinnige Mütterchen die Notwendigkeit einer Begleitung außer Haus noch nicht einsah, und felsenfest davon überzeugt war, ihre zunehmend abenteuerlicheren Einkaufstouren noch alleine bewältigen zu können, muss der Chefschutzengel eine ganze Abteilung seiner Mitarbeiter für diesen besonders starrköpfigen Schützling abkommandiert haben. Einige davon auch in Menschengestalt, die dem klapprigen Weiblein die Einkaufstasche nach Hause trugen oder sie nach Hause begleiteten, wenn sie den Heimweg nicht mehr wusste. Ihr ist durchaus bewusst, wie vergesslich sie geworden ist. Sie kommentiert diese Tatsache mit geradezu umwerfendem Humor.

"Bi doch scho en alte Schruubedampfer", sagt sie, und ihr Gesicht legt sich in hundert Lächelfältchen, "do dörf au mol e Schruube locker sii." (Ich bin doch schon ein alter

Schraubendampfer. Da darf auch mal eine Schraube locker sein.)

Den gut gemeinten Vorschlag ihres Hausarztes, sich ab und zu von einer freiwilligen Sozialhelferin im Rollstuhl durch den nahen Park kutschieren zu lassen - "Etwas frische Luft würde ihnen doch gut tun, meinen sie nicht?" - wies sie entrüstet zurück, als hätte der gute Mann ihr ein unsittliches Angebot gemacht.

Immerhin tragen ihre alten Beine sie noch durch ihre mit einer Vielzahl von Bildchen, Postkarten, getrockneten Blumensträußen und vielen anderen Andenken vollgestopfte Wohnung, und – man würde es kaum glauben, sähe man es nicht mit eigenen Augen – zweimal pro Tag die vier Treppen hoch zu ihrer Freundin Giuliana, bei der sie am Mittag essen und am Abend Fernsehen schauen geht. So bekommt sie jeden Tag eine warme, liebevoll zubereitete Mahlzeit, und verbringt die langen Abende nicht allein.

Frau Schwyter ist Frühaufsteherin. So gegen acht Uhr beginnt sie aufzupassen, wartet, bis ihr das ruckelnde Quietschen des Rollladens nebenan verrät, dass die Nachbarin aufgestanden ist. Etwa eine halbe Stunde später geht sie hinüber, um deren Bett zu machen und, falls nötig, Wäsche zu waschen oder Einkäufe zu besorgen.

Eines Tages, weiß sie, fürchtet sie, wird dieses Geräusch ausbleiben. Dann wird sie in Frau Kusters Wohnung gehen, und wenn das Schicksal es gut meint mit der alten Dame, wird sie sie in ihrem Bett finden, tief schlafend, von Ewigkeit träumend.

Das hofft sie zumindest.

Ja, Frau Schwyter und Frau Grießer sind wirklich sehr verschieden. Unter 'normalen' Umständen gäbe es für sie kaum Anlass, miteinander zu sprechen. Aber als festangestellte Schutzengel einer alten Frau tun sie es, immer dann, wenn es um die gegenseitigen Ablösungen geht – schließlich brauchen auch Engel hin und wieder mal frei, zumindest jene, die als Menschen getarnt sind. So verschieden ihre Lebensauffassungen auch sonst sein mögen, darin sind sich beide einig: ein einundneunzig Jahre altes Fraueli, das alles aufschreibt, was es früher so gut im Kopf behalten konnte, dann aber meistens vergisst, wo es die Zettel hingetan hat, nein, so ein Fraueli kann man nicht einfach seinem Schicksal überlassen.

## Nachtwache

Schlaf, mein Lieber, schlaf. Ich werde aufpassen, dass dich niemand weckt. Hab keine Angst. Da, siehst du, ich halte deine Hand. Ich werde sie nicht loslassen, bis du tief und fest eingeschlafen bist.

Noch einmal vergewissere ich mich, dass du gut zugedeckt bist. Du sollst nicht frieren, wenn du schläfst. Darum habe ich dich vorhin wieder ins Bett geschleppt und ordentlich hingelegt, nachdem ich gehört habe, wie du im Badezimmer hingefallen bist. Ganz leise bist du gefallen, als ob du auch noch auf meinen Schlaf Rücksicht nehmen wolltest, als dein Bewusstsein bereits zu versinken begann.

Aber ich habe nicht geschlafen. Seit längerer Zeit schlafe ich kaum noch. Während ich wach liege, lausche ich, höre wie dein Körper geräuschvoll Luft in die Lungen zieht und rasselnd wieder ausstößt. Dazwischen diese beängstigend langen Pausen. Bis deine Lungen sich den nächsten Atemzug erkämpfen.

Manchmal versuche ich mir vorzustellen, wie es sein wird, wenn du nicht mehr neben mir liegst, wenn es nur noch still ist neben mir und leer ... aber ich kann es nicht. Seit achtundvierzig Jahren höre ich dich neben mir. Fast ein halbes Jahrhundert! In zwei Jahren würden wir Goldene Hochzeit feiern. Dann würden sie sich alle versammeln, unsere Kinder, die Kinder unserer Kinder und alle ihre Männer und Frauen oder Freunde und Freundinnen. Ritas Baby, unser erstes Urgroßkind, wäre dann schon zwei Jahre alt und würde herumspringen. Drei Kinder, fünf Großkinder und ein Großkind. Das ist doch schön, nicht wahr?

– Ah, da ist er wieder, der Schmerz. Immer noch. Natürlich. Es tut zwar nicht mehr so furchtbar weh, wie früher – abgestumpft, sagt man – ja, das Messer hat seine Schärfe verloren, aber es ist immer noch da, wird immer da sein.

Vier Kinder, sagt der Schmerz. Nicht Drei. Vier. Ich sehe sie vor mir. Martina, unsere energische Älteste, rundlich, immer noch mit diesen schrecklich rot gefärbten Haaren, wo sie doch selber gerade Großmutter geworden ist. Johannes, der Zweite, der Stille, Gescheite, der alles, was er dachte und fühlte schon als kleines Kind fest bei sich behielt. Wir haben uns sein Studium vom Mund abgespart, denn damals gab es noch keine Stipendien. Annamarie, die Jüngste, schon immer eine Zigeunerin. Wie sie jetzt aus sieht, weiß ich nur von Fotos. Sie ist vor zehn Jahren mit einem Mann nach Neuseeland ausgewandert. Ob die Zwei geheiratet haben, weiß ich nicht, aber sie hat uns geschrieben, dass sie dort jetzt Schafe züchten. Annamarie als Schafzüchterin – kann ich mir gar nicht vorstellen. Sie muss ihn sehr lieben, diesen Mann.

Martina, Johannes ... Annamarie. Dazwischen eine Lücke – nein, keine Lücke, einfach der Platz, der ihm gehört: Christian. Immer noch einundzwanzig Jahre alt. Verunglückt auf einer Klettertour in den geliebten Bergen.

Noch heute sehe ich dein versteinertes Gesicht vor mir, als Martin, sein Freund, uns die Nachricht vom Tod unseres Sohnes überbrachte. Ich habe dich nicht weinen sehen, damals. Ich habe dich nie weinen sehen. Bis heute weiß ich nicht, ob du es überhaupt jemals gekonnt hast. Als Kind vielleicht. Armer Lieber.

Plötzlich schrecke ich auf.

Diese Stille!

Ist es jetzt soweit?

Deine Hand in meiner bewegt sich nicht. Hastig taste ich nach dem Schalter der Nachttischlampe. Doch halt – ich habe dir versprochen, dich schlafen zu lassen. Das Licht würde dich vielleicht stören. Also drehe ich mich wieder auf den Rücken und starre in die Dunkelheit.

Irgendwann höre ich die Standuhr in der Stube schlagen – dingdong-dingdong-dingdong-dingdong - - dong – dong – dong ... Drei Uhr ... Vorsichtig lege ich deine Hand zu dir zurück in dein Bett. Dann rolle ich mich zur Seite und krümme mich zusammen. Ganz klein mache ich mich.

Wie still es ist. Und so dunkel.

Die Dunkelheit stört mich nicht. Aber die Stille legt sich auf mich wie eine schwere, nasse Decke, unter der ich kaum noch atmen kann. Ich muss mich wieder aufsetzen. Wäre es dir recht, wenn ich ein bisschen näher zu dir rutsche? Ich möchte Dich gerne noch einmal halten...

– Nein, lass mich bitte allein. –

Gott im Himmel, war das etwa deine Stimme?!

Aber ich möchte nicht weg von dir – ich möchte bei dir bleiben, möchte deinen Schlaf bewachen, bis der Morgen kommt. Warum willst du mich nicht mehr bei dir haben? WARUM?

Sanft schimmert dein Gesicht im Dunkeln und schweigt.

Plötzlich beginne ich zu verstehen, und ob es mir nun passt oder nicht, ich weiß, dass du Recht hast. Wie immer. Oder fast immer.

Mit bleischweren Füssen steige ich aus meinem Bett und gehe aus dem Schlafzimmer. Auf der Schwelle drehe ich mich noch einmal um. Täusche ich mich, oder lächelst du tatsächlich in die Dunkelheit hinein?

In der Stube lege ich mich auf das Sofa und wickle mich in meine Decke, die ich mitgenommen habe. Hier ist es nicht ganz so still. Das gemächliche Tick-tack unserer guten alten Uhr begleitet mein Warten und lässt meine Gedanken wieder in die Vergangenheit wandern.

Wie wir uns das erste Mal geküsst haben. Nicht viel später haben wir uns das erste Mal geliebt. Heimlich, mit schlechtem Gewissen, denn unser Pfarrer predigte damals leidenschaftlich die Keuschheit bis zur Ehe. Aber meine Neugier war grösser als mein schlechtes Gewissen. Die Erinnerung lässt mich lächeln. DAS also war es, was dieses längst vertrocknete Männchen, das wohl besser in ein abgelegenes Kloster als auf eine Kanzel gepasst hätte, „die Versuchung der fleischlichen Freuden" nannte! Nun ja, wir sind dieser Versuchung oft und gerne erlegen, du und ich. Ihre Freuden haben uns über manche schwere Zeit hinweggeholfen. Sogar nach Christians Beerdigung haben wir uns wie zwei ertrinkende Kinder aneinander geklammert und für ein paar Augenblicke beieinander Trost gefunden.

Später haben wir sie seltener genossen, die Freuden. Ganz aufgehört haben wir nie damit. Aber du bist bitter geworden in den letzten Wochen, hast dich zurückgezogen hinter die Dunkelheit deiner blind gewordenen Augen. Ich weiß, das war das Schlimmste für dich, dass du nichts mehr sehen konntest. Alles, alles konntest du ertragen, die Schwindelanfälle, die Schmerzen, sogar die absterbenden Füße. Aber dass du die Blumen in unserem Garten nicht mehr sehen, dass du nicht mehr lesen konntest, damit konntest du dich nicht abfinden.

In deiner Bitterkeit bist du manchmal böse geworden, hast mich angefahren, mich herumkommandiert. Ich habe es verstanden. Natürlich habe ich es verstanden, Lieber. Aber es hat wehgetan, so hilflos neben deiner Verzweiflung zu stehen und gar nichts tun zu können.

Beim letzten Arztbesuch hat mich der Doktor zu sich ins Sprechzimmer gerufen. Allein.

„Ich will ganz offen zu ihnen sein, Frau Brändli", hat er zu mir gesagt und mich dabei ernst über den Rand seiner Brille hinweg angeschaut, „es steht nicht gut um Ihren Mann. Sein Blutzuckerspiegel lässt sich immer weniger kontrollieren. Und auch seine Füße gefallen mir gar nicht. Ihr Mann sollte ins Krankenhaus. Aber er weigert sich. Reden Sie mit ihm. Auf Sie hört er vielleicht."

Als ob du das je getan hättest.

Bedrückt und ratlos ging ich zurück ins Wartezimmer.

Du drehtest du dein Gesicht zum Fenster.

„Ich will nicht ins Spital. Die können nichts für mich tun, höchstens ein wenig an mir herumprobieren. Womöglich fängt man sogar an, an mir herumzuschnipseln. Nein, ich will das nicht." Und nach einer Pause ganz leise: „Ich bin müde. Ich mag nicht mehr." Deine Stimme tönte, als hättest du Schleifpapier verschluckt.

Das war vor drei Tagen.

Dingdong-dingdong-dingdong-dingdong - - dong – dong – dong – dong – dong ... Fünf Uhr! Himmel, wie ist das möglich? Habe ich etwa geschlafen? Es muss wohl so sein, denn ich fühle mich plötzlich frisch und wach wie schon lange nicht mehr.

Aber mir ist kalt. Trotz der Decke. Meine Blase meldet sich. Wie immer um diese Zeit. Auf dem Weg ins Badezimmer bleibe ich kurz in der offenen Schlafzimmertür stehen. Dein von Krankheit und Pillen aufgedunsener Körper erhebt sich auf dem Bett als undeutlicher Hügel. Vor dem offenen Fenster höre ich die ersten Vögel zwitschern. Sie wissen, dass bald der Morgen kommt und mit ihm ein neuer, heller Frühsommertag.

Für mich wird es ein kalter Tag werden. Der erste von vielen kalten Tagen. Und von ebenso vielen noch kälteren Nächten.

Beim Geräusch der Klosettspülung zucke ich zusammen. Aber du schläfst wohl schon so tief, dass es dich nicht stört.

Vor dem Telefon bleibe ich einen Moment stehen.

– Soll ich vielleicht jetzt schon ...? Nein, ich gehe zurück in die Stube. Ich will warten, bis es sechs schlägt. Soll sie noch eine Stunde länger schlafen, unsere fürsorgliche, sich um alles kümmernde Martina. Ich werde sie erst um sechs anrufen. Dann werde ihr mitteilen, dass ich gerade aufstehen wollte und dass Vati...

Ob ich es ihr je werde sagen können? Wahrscheinlich nicht. Wahrscheinlich werde ich es nie jemandem sagen.

Kurz vor sechs gehe ich wieder ins Schlafzimmer. Ich nehme meine Decke mit und
lege sie auf mein Bett.

Die Vögel haben aufgehört zu singen. Es
ist Tag geworden. Jetzt kann ich dein Gesicht deutlich sehen. Wie hell deine Haut
geworden ist. Als hätte eine heimliche Hand
alle Spuren der letzten Monate weggeputzt.

Du lächelst wirklich.

Schlaf gut, Lieber, du hast es verdient.

Bei den letzten drei Geschichten handelt es sich um sogenannte „Lostrommel-Storys", das ist eine Art Schreibspiel, bei dem jeder Teilnehmer 10 Wörter beisteuert, die dann gemischt und neu verteilt werden. Meine gezogenen Wörter waren:

*Heuballen – Teppich – Kastanie – Fieberbaum – Krähe – Flickwerk – Radio – Midrasch – Eisenbahnschienen – Bettdecke*

### Der Zähler

Seit bald zwanzig Jahren arbeitet Albert Paschenik drei Stunden täglich in der Küche des Psychiatrischen Krankenhauses, wo er Kartoffeln oder Karotten schält und schneidet. Kartoffeln oder Karotten. Nichts anderes.

Albert Paschenik ist kein gewöhnlicher Mann, und er ist auch kein dummer Mann. Er kann denken, und er denkt viel, auch wenn sich dieses Denken in seinen eigenen, nicht von jedermann nachvollziehbaren Bahnen bewegt. Jeder in der Klinik nennt ihn Berteli. Das war schon immer so. Es tönt freundlich, dieses „Berteli", wenn auch nicht besonders respektvoll. Doch Berteli stört das nicht. Auf seinem Vollmondgesicht leuchtet stets ein zufriedenes Lächeln, und wenn man ihn etwas fragt, gibt er eifrig Bescheid. Seine Antworten scheinen allerdings nicht zu den gestellten Fragen zu passen und lassen den Fragesteller mit hochgezogenen Augenbrauen stehen, während Berteli ebenso falsch, wie begeistert singend weiter seines Weges geht.

Außer Kartoffeln und Karotten schälen – Dinge, die viele Menschen mindestens ebenso gut können wie er – kann Berteli etwas, was kaum jemand besser beherrscht als er. Er kann gut zählen. Und zwar so gut, dass man mit Fug und Recht eines behaupten kann: Berteli ist der beste Zähler auf der ganzen Welt.

Ihr glaubt mir nicht? Gut dann will ich euch von einem Preiswetten erzählen, das vor drei oder vier Jahren im Nachbardorf veranstaltet wurde. Eine Veranstaltung der Landwirtschaftlichen Genossenschaft war das. Es ging – wie konnte es anders sein? – um die Entstehung der Milch, und die Preisfrage lautete: Wie viele Halme sind in so einen Heuballen gepresst, aus dem eine Kuh immerhin weit mehr als hundert Liter Milch produzieren kann? Die Schätzungen bewegten sich zwischen 50'000 (stammte von ei nem Städter) und 3 Millionen (wahrscheinlich ebenfalls von einem Städter).

Berteli, der zusammen mit einer Gruppe aus dem „Seehölzli" (Name des Krankenhauses) an der Veranstaltung teilnehmen durfte, sagte laut und deutlich: „954 687"

Wie genau diese Zahl die tatsächliche Menge der Halme traf, weiß ich nicht. Auf jeden Fall ist Berteli seitdem stolzer Besitzer eines kompletten Fonduesets mit Rechaud, Pfanne, zwölf Tellern und zwölf Fonduegabeln. Zehn Kilo Käse und sechs Flaschen Wein gehörten auch noch zu dem Preis, aber die sind natürlich längst gegessen, beziehungsweise getrunken. Das Geschirr, das Rechaud, die Pfanne, die Gabeln und damit auch Berteli kommen jedoch in der Wohngruppe regelmäßig zu Ehren.

Nahe der Klinik befand sich bis vor einem Jahr ein kleines Teppich-Geschäft, Bertelis Lieblingsplatz. Jedes Mal, wenn der Inhaber die Auslage geändert hatte, stand Berteli selig lächelnd vor dem Schaufenster. Am liebsten zählte er die Knoten in einem handgeküpften, seidenen Teppich aus China, der wunderschönen Tiere und Bäume und Blumen wegen, bei denen er die Knoten noch einmal für sich zählen konnte. Doch dann wurde das Teppich-Geschäft infolge man gelnden Umsatzes geschlossen, und damit verschwanden die seidenen und auch die wollenen Knoten aus Bertelis Leben.

Doch es gibt ja immer wieder Neues, oder Altes, das jedes Jahr wieder neu wird, zu zählen. Wie die Blätter der großen Kastanie zum Beispiel, unter deren weit ausladendem Dach er gerne sitzt. Oder die zarten Blüten-fäserchen des Fieberbaumes neben dem neumödigen Brunnen, auf dessen Rand eine schmiedeeiserne Krähe sitzt, die den Besucher mit schief gelegtem Kopf und höhnisch aufgerissenem Schnabel beäugt.

Es ist keine leichte Aufgabe, all die vielen Dinge zu zählen, die es auf der Welt gibt, und Berteli nimmt es sehr genau mit dieser Arbeit, mindestens so genau, wie mit dem Kartoffel- oder Karottenschälen (die er selbstverständlich auch jeden Tag gewissenhaft zählt, und zwar ebenso die ganzen, wie auch die geschnittenen Stücke).

Zum Glück hat Berteli auch eine Freizeit-beschäftigung, die ihm sehr viel Freude bereitet. Mit Zählen hat es nichts zu tun. Eher mit Sammeln. Und mit Singen.

Wie ich schon sagte, ist Berteli alles andere als ein musikalischer Sänger. Aber darauf kommt es nicht an. Denn hier geht es nur um die Wörter, denen er nachsingt, wie er es selbst nennen würde. Komische Wörter. Besondere Wörter. Merkwürdige Wörter. Wobei an dieser Stelle gesagt sein muss, dass für Berteli fast alle Wörter merkwürdig klingen. Obwohl er in der Sonderschule lesen gelernt hat, versteht er den Sinn der meisten von ihnen nicht, Aber das macht die Sache für ihn erst richtig spannend. Manchmal springt ihm so ein Wort aus der Zeitung entgegen. Wie zum Beispiel „Flickwerk". Ist das nicht ein herrlich energisches Wort? Man könnte es jemandem ins Gesicht spucken, sollte man eines Tages einmal wütend werden. Was bei Bertelis durch und durch sonnigem Gemüt allerdings höchst selten der Fall ist.

Manchmal hört er auch ein Wort im Radio, während er in der Küche arbeitet. Radio: das ist übrigens sein zweitliebstes Wort, seit er herausgefunden hat, dass das nur die Hälfte eines Wortes ist. Wie, das wusstet ihr nicht? Nun, Radio ist die zweite Hälfte eines Jodels und heißt als Ganzes „Holderadio".

Die Nummer Eins unter seinen Lieblingswörtern ist jedoch „Midrasch". Wo er es aufgeschnappt hat, weiß er längst nicht mehr. Aber es ist das schönste Wort, das er kennt. Man kann mit ihm jemandem, den man besonders mag, zärtlich über die Wangen strei chen, oder es einem, der traurig ist, tröstend um die Schultern legen. Und hier in der Klinik gibt es Viele, die traurig sind.

Vor einiger Zeit hat Berteli etwa Neues zum Zählen entdeckt: Eisenbahnschienen, beziehungsweise die darunterliegenden, sie zum Geschwisterpaar verbindenden Schwellen. Allerdings ist diese Zählerei keine einfache Sache. Dafür müsste er nämlich in der Führerkabine neben dem Lokomotivführer sitzen können. In den langsamen Zügen kann man zwar das Fenster öffnen und so die vorbeiflitzenden Enden der Schwellen sehen, aber das geht nur, wenn es draußen wirklich sehr warm ist, weil sich sonst die anderen Fahrgäste beschweren.

Aber vorne in einer Lokomotive zu sitzen, die, sagen wir mal, von Basel nach Berlin fährt – das wäre schon eine feine Sache! Berteli weiß ganz sicher, dass er sich nicht um eine einzige Schwelle verzählen würde. Und er weiß ebenso sicher, dass er irgendwann neben einem Lokomotivführer sitzen wird, in einem Zug, der von Basel nach Berlin fährt.

Morgen bringt ihm wieder Melina die Zeitung. Da freut er sich immer besonders.

Wenn es Melina gut geht, arbeitet sie stundenweise beim Kiosk.

Nachts, wenn er sich die Bettdecke unters Kinn gezogen hat, träumt Berteli davon, dass er mit Melina spazieren geht und ihr, ohne dass sie es merkt, ein wunderschön eingepacktes, mit einem roten Schoggiherzen versehenes Midrasch in die Tasche schiebt.

Und dies zu einem ausnahmsweise vorgegebenen Thema: Weihnachten

*Sonnenbrille – Räuber – Schnee – Betthäschen – Student – Handy – Ochse – heiße Schokolade – Baumbrand – Prophet*

Nun ja, es wurde eine ziemlich bissige Weihnachtsgeschichte. Aber was hätte ich machen sollen? Bei diesen Worten?

**Wer zuletzt lacht ...**

Wo du wohl jetzt bist? Irgendwo am Strand, mit einer Sonnenbrille auf der Nase und einem Martiniglas in der Hand? Oder fährst du gerade, vermummt wie ein Räuber in den Bergen über den in den letzten Tagen allen Wintersportorten großzügig bescherten Schnee?

Nun, eines weiß ich sicher: Du wirst nicht allein sein. Bestimmt wird eines deiner Betthäschen dich begleiten. Diese Luxusweiber, die außer einem hübschen Lärvchen und Plastikbrüsten nichts vorzuweisen haben. Die um dich herumscharwenzeln, seit du zu Geld und Berühmtheit gekommen bist.

Ja, damals, als du noch ein Student warst, da war das natürlich anders. Da war ich gut genug, dir das Studium zu bezahlen. Durchgefüttert habe ich dich. Blind war ich. Vielleicht bin ich es immer noch. Wie sonst wäre es zu erklären, dass ich es bisher noch immer nicht über mich gebracht habe, mich von dir scheiden zu lassen?

Weihnachten, das Fest der Liebe! Dass ich nicht lache! Das Fest der Scheinheiligkeit, der Heuchelei, der Illusion müsste es heißen! Und der blödsinnigen Geschenke. Oder kann mir einer sagen, was ich mit einem Handy soll? Ich, die ich das Haus nur zum Ein-kaufen und allenfalls noch für einen Besuch bei Lisi, meiner Freundin, verlasse? Hast dir wohl viel Mühe gegeben, etwas zu finden, mit dem ich garantiert nichts anfangen kann!

Nun gut. Weihnachten ist überstanden.

Jetzt packe ich die Krippenfiguren wieder ein. Ja, diese Sentimentalität habe ich mir erlaubt. Seit ich diese Tage allein verbringe, hole ich sie hervor. Eine kleine Erinnerung an glückliche Kinderweihnachten. Maria, das Christkind in der Krippe, Ochse und Esel.

Den Josef, den stellte ich nicht dazu. Soll er meinetwegen in die Karibik schwimmen oder in die Berge Ski fahren gehen.

Nachdem alle Weihnachtsspuren getilgt sind, setze ich mich an den Tisch und gönne ich mir eine der wenigen Freuden, die mir erhalten geblieben sind: eine schöne Tasse heiße Schokolade.

Das Telefon klingelt. Es ist Lisi. Ganz aufgeregt tönt sie.

"Schätzchen, sag mal, hast du heute schon die Zeitung gelesen?" Nein habe ich noch nicht.

Lisi redet weiter, ohne meine Antwort abzuwarten: "Also ich lese es dir vor. Hier steht es schwarz auf weiß: *Bei einem Baumbrand in einer Skihütte nahe bei St. Moritz sind der bekannte Herzchirurg Prof. Gerhard Hauptmeier und seine Freundin, das Fotomodell Piper Hill ums Leben gekommen. Der genaue Hergang dieses Unfalles ist noch ungeklärt.*"

Stille.

Ich nehme die Tasse in die Hand. Und während ich trinke, fällt mein Blick auf den Spruch, den meine Mutter einst in malerischen Kreuzstichen auf ein Leinentuch gestickt und mir mit wissendem Lächeln zum zehnten Hochzeitstag überreicht hat. Über dem Kamin prangen die rosenumkränzen Worte:

"Und mir wird Gerechtigkeit wiederfahren, so ich selbst gerecht sein werde."

Muss wohl ein Prophet gewesen sein, der das geschrieben hat.

*Wetterbericht – Fenster – Fremdsprache –*
*Liebe – Edelstein – Vorlesung –*
*Textmarker – Schnurrhaare – Perpetuum*
*mobile – Himmelsleiter*

Um diese Worte herum hat sich die Geschichte von selbst geschrieben.

### Erinnerungen

Der Wetterbericht verspricht heute besseres Wetter. Das trüb vor dem Fenster hockende Grau scheint diese Neuigkeit allerdings noch nicht vernommen zu haben. Vielleicht versteht es auch keine Fremdsprachen, denn wie immer um diese Zeit habe ich den französischen Sender eingeschaltet. Eigentlich mag ich Französisch nicht besonders. Außer in dem für alle Schulen obligatorischen Französischunterrricht habe ich nie etwas anderes gesprochen oder gelesen außer Deutsch.

Aber diese Sprecherin hat eine unvergleichliche, eine wunderbare Stimme. Sie erinnert mich an Marthas Stimme. Martha. Meine Martha.

Ob die Frau im Fernsehen auch so aussieht, wie Martha ausgesehen hat? Ich weiß es nicht. Ohne meine Lesebrille sehe ich nicht mehr viel von dem, was sich da draußen in der Welt abspielt.

Nun, das scheint mir, ehrlich gesagt, kein allzu großer Verlust zu sein. Da wandere ich lieber in meinen Erinnerungen umher und träume von der Vergangenheit.

Wie ich meine Martha bekommen habe, zum Beispiel. Lehrtochter war sie, im Quartierladen, der wie viele andere auch schon vor Jahren geschlossen wurde.

Damals hat man noch alles über den Ladentisch verkauft. Der Kunde teilte seine Wünsche mit, und die Verkäufern - oder eben die Lehrtochter - holte die Sachen aus den Gestellen. Meine Mutter ahnte wohl, warum ich ihr plötzlich mit so viel Begeisterung die Einkäufe abnahm. Aber sie sagte nichts.

Nächtelang lag ich wach und überlegte mir, wie ich dieses wunderhübsche Mädchen mit den kastanienbraunen Haaren und den grünen Augen ansprechen und vielleicht zu einem Spaziergang nach der Arbeit einladen konnte.

Dann sah ich eines Tages ein versonnenes Lächeln in ihrem Gesicht und an ihrer Hand einen Ring, der rot leuchtete, wie die Liebe.

Meiner Mutter zuliebe ging ich weiterhin in dem Laden einkaufen, doch war dies eine

Zeit lang eine ziemlich schmerzliche Angelegenheit für mich. Bis eines Tages das Lächeln aus Marthas Gesicht verschwunden waren. Ebenso der Ring an ihrem Finger..

Diesmal zögerte ich nicht mehr zu lange, sie anzusprechen.

Wir waren schon verlobt, als ich sie nach dem Ring fragte.

Martha lächelte wieder ihr versonnenes Lächeln, das nun mir galt, und das schon damals zu Dingen gehörte, die ich besonders liebte an ihr.

"Weißt Du, es hätte mich nicht gestört, dass es nur ein billiger Ring war. Das wäre schon in Ordnung gewesen. Aber wenn dir einer etwas schenkt und dabei behauptet, das sei ein teurer Edelstein - wie kann man so jemandem trauen?"

Auf welche Weise sie den Betrug entlarvt hatte, blieb ihr Geheimnis.

Gott meinte es gut mit uns. Unsere Tochter Heidi war das schönste, das gescheiteste und vor allem das beste Kind, das man sich vorstellen konnte. Sie wuchs sie weit über ihre bescheidenen Eltern hinaus, machte Abitur, studierte Biologie und hält heute als Professorin Vorlesungen an der Universität. Aus Heidi wurde Adelheid. Passt besser zu einer Professorin, fand sie. Aber wir nannten sie weiterhin Heidi.

Wie wir zu einer so gescheiten Tochter gekommen sind, ist mir bis heute ein Rätsel. Ich würde mich selbst zwar nicht gerade als Dummkopf bezeichnen, schließlich war ich bis zu meiner Pensionierung Druckermeister und verantwortlich für den reibungslosen Ablauf eines nicht gerade kleinen Betriebes. Und meine Martha - nein, es gab keinen klügeren Menschen als Martha, aber ihre Klugheit war in erster Linie eine Klugheit des Herzens, weniger des Kopfes.

Zwischen zwei Stufen auf der Karriereleiter wurde unsere Heidi Ehefrau und einige Stufen später Mutter. Martha fühlte sich jung genug, sich um den Enkel zu kümmern, während seine Eltern arbeiteten.

Michi, eigentlich Michael, aber niemand nannte ihn jemals so, entwickelte sich prächtig in unserer Obhut. Auf welche Weise er einmal in die Fußstapfen seiner Eltern treten wird - auch sein Vater ist Professor - wird sich erst noch zeigen. Zuerst sah es ja eher nach einer künstlerischen Laufbahn aus. Zumindest dem Gemälde nach zu urteilen, das er mit zwei Jahren mit Hilfe von Filzstiften, Textmarkern und Ölkreiden an einer Wand in seinem Zimmer hinterlassen hat.

Später änderte sich dies. Wenn er so weiter macht, wird er irgendwann einmal zum größten Erfinder aller Zeiten. Noch bevor er richtig lesen, schreiben, oder rechnen konnte, begann er mit allem Möglichen - und Unmöglichen zu experimentieren, mit zuweilen recht abenteuerlichen, wenn auch glücklicherweise eher harmlosen Folgen. Das schwerwiegendste Ergebnis seiner Forschungen war, dass unser bis zu diesem Zeitpunkt unverbesserlich neugieriger Hauskater Maunzo eine Zeitlang mit versengten Schnurrhaaren herum laufen musste.

Eines Tages sagte ich zu meinem Enkel: "Wenn du so weiter machst, wirst du sicher eines Tages noch das Perpetuum mobile erfinden."

Ich wusste damals nicht genau, was man unter einem Perpetuum mobile versteht. Irgendwann in meiner eigenen Schulzeit habe ich einmal davon gehört, als Beispiel für das vergeblich Versuchte, weil Unmögliche.

Für den Jungen, ich glaube, er war damals ungefähr sieben Jahre alt, müssen diese beiden Worte wie eine Zauberformel gewirkt haben. Tage- nein wochenlang bestürmte er mich mit Fragen, die zu stellen mir nicht einmal in den Sinn gekommen wären. Aber der Kleine war ebenso stur wie seine Mutter und schleppte mich jeden Samstag in alle möglichen Bibliotheken.

Und so lernte ich auf meine, damals zwar noch nicht alten, immerhin jedoch schon reifen Tage einiges über Mechanik, Physik und andere, wie ich herausfand, durchaus interessante Dinge.

Vor einem Jahr ist Martha, meine Martha "heimgekehrt", wie man so schön sagt. Ganz still und leise ist sie gegangen. Ohne Kampf, ohne Schmerzen. Nun sind meine Tage dunkel geworden. Aber ich bin alt. Das bedeutet, dass ich nicht mehr allzu lange warten muss.

Und wenn es dann soweit ist, werde ich die Himmelsleiter hinaufklettern wie ein Jüngling.

Und am anderen Ende wird ein wunderhübsches Mädchen mit kastanienbraunen Haaren und grünen Augen auf mich warten. Martha.

Meine Martha.